ESSAIS
POÉTIQUES

Dédiés

A S. E. LE MINISTRE DE L'INTÉRIEUR

PAR

CLOVIS BESSON

Professeur d'Histoire et de Français,

Ancien Élève de l'Institution impériale des Jeunes Aveugles.

BORDEAUX

IMPRIMERIE TYPOGRAPHIQUE DE J. DELMAS

Rue Sainte-Catherine, n. 139.

1854

ESSAIS

POÉTIQUES

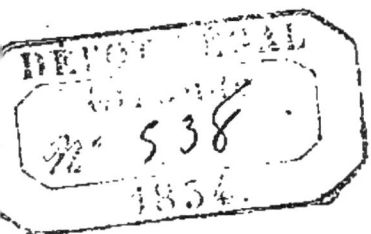

ESSAIS
POÉTIQUES

Dédiés

A S. E. LE MINISTRE DE L'INTÉRIEUR

PAR

CLOVIS BESSON

Professeur d'Histoire et de Français,

Ancien Élève de l'Institution impériale des Jeunes Aveugles.

BORDEAUX

IMPRIMERIE TYPOGRAPHIQUE DE J. DELMAS

Rue Sainte-Catherine, n. 139.

1854

A MONSIEUR CLOVIS BESSON

A BORDEAUX

MONSIEUR,

Pour la troisième fois, j'achève la lecture du petit manuscrit poétique dont vous avez bien voulu me faire part, et je mets à l'instant même la main à la plume pour vous dire les sympathiques impressions que j'ai éprouvées en l'examinant.

Si je passais en revue vos pièces une à une, je vous adresserais, pour le plus grand nombre, des éloges aussi mérités que sincères, et pour quelques autres, des observations et même des reproches aussi francs que justes.

Mais, dans l'intérêt de mes occupations pressantes et nombreuses, je dois les envisager dans leur ensemble.

Monsieur, vos poésies qui m'ont fait un sensible plaisir, et inspiré une foule de touchantes réflexions sur la sagesse de Dieu dont la main vous a béni d'une manière aussi visible, vos poésies, dis-je, m'ont paru quelque peu monotones, et marquées d'un sceau de jeunesse qu'expliquent votre âge et la vie égale et paisible que vous avez menée jusqu'à ce jour dans l'étonnante école d'où vous sortez.

J'y ai trouvé quelques répétitions, et des expressions qui pourraient, je crois, facilement se remplacer.

Votre style, d'un naturel aimable, plaît autant par son harmonie que par son élégance; il est simple, et quelquefois sublime, suivant que le demandent les sujets.

Vos images, parfois orientales et souvent hardies, se montrent le front paré de grâce et de fraîcheur.

— Une âme aimante et tendre, un cœur brûlant, avide et facile à comprendre, que vous avez reçus du ciel, comme le dit, dans un de vos plus jolis morceaux : « une bouche amie et aimée, » — voilà ce qui parle encore à haute voix en votre faveur.

J'espère, Monsieur, que la satisfaction que j'ai ressentie en parcourant vos *Essais poétiques* sera partagée du public, qui vous lira, regrettant comme moi les rudes entraves qu'impose à votre talent précoce votre position attachante et malheureuse.

Agréez l'assurance de ma parfaite considération.

Marquis de B***.

Paris, le 25 octobre 1854.

L'ANGE GARDIEN

A MONSIEUR GAUTIER, MAIRE DE BORDEAUX.

Pour moi des cieux, pourquoi, bon ange,

As-tu délaissé le séjour

Et l'allégresse sans mélange?

Pour moi d'où te vient tant d'amour?

1*

Pourquoi sans cesse, ange fidèle,

Viens-tu m'abriter de ton aile

Quand sur moi plane le danger?

Pourquoi ta bonté secourable,

Pourquoi ton glaive redoutable

Sont-ils là pour me protéger?

C'est que le ciel, dès ma naissance,

En tes mains a remis mon sort,

Et que, sur cette mer immense,

Sans toi, je trouverais la mort.

Oh! sois mon pilote fidèle!

De ma frêle et pauvre nacelle

Sois toujours le ferme soutien!

Dans la richesse et l'indigence,

Dans le bonheur et la souffrance,

Sois toujours mon ange gardien!

Lorsque sur ma chétive couche,

Le soir, je sommeille à demi,

Ton immortelle main me touche,

Et je t'entends, céleste ami,

Pour moi, dans une humble prière,

Demander au Dieu de ma mère

L'amour, l'espérance et la foi!

Alors, doucement je t'appelle;

Et, me caressant de ton aile,

Tu me dis : « Je veille sur toi.

» Dors ; de la mère qui te pleure,

» Du pur objet de ton amour,

» Je vais visiter la demeure;

» Dors jusques au réveil.du jour.

» Quand vient le soir, quand naît l'aurore,

» Enfant, pour toi sa voix implore

» Celui qui règne dans les cieux ;

» Souvent, du fond du sanctuaire,

» Pour toi son ardente prière

» Monte avec l'encens des saints lieux. »

Il dit, et de ma bonne mère

Bientôt il rassure le cœur ;

Ainsi qu'un baume salutaire,

Sa parole endort la douleur ;

De ses yeux il sèche les larmes ;

Loin d'elle il bannit les alarmes ;

Il lui rappelle qu'une main

Veille pour garantir ma tête

Des coups de la noire tempête,

Mes pas des ronces du chemin.

Quand la nuit, repliant ses voiles,

Fait place au matin du jour pur ;

Quand ses scintillantes étoiles

Se perdent dans les champs d'azur ;

Lorsque s'éveille l'hirondelle ,

Avec douceur sa voix m'appelle ;

J'ouvre l'oreille à ses accents ;

Mon cœur alors vers Dieu s'élance ,

Et du nouveau jour qui commence

A lui sont les premiers instants.

A genoux , je rends mon hommage

Au libérateur des humains ,

Les bras tendus vers son image ,

De mes baisers couvrant ses mains;

Pour ceux que j'aime sur la terre

Je fais une ardente prière.

Alors, ange au front radieux,
Traversant la plaine éthérée,
Tu vas au haut de l'Empyrée
A l'Éternel porter mes vœux.

Ami, qui veilles sur ma vie,
Ange que Dieu fit mon soutien,
En ta bonté je me confie :
Auprès de toi je ne crains rien.
Du pain sacré des paraboles
Et du feu des saintes paroles,
Oh! ranime et nourris ma foi!
Si, de ta paix troublant les charmes,
Je t'ai déjà coûté des larmes,
Mon bon ange, pardonne-moi.

Quand la mort, de sa main de glace,

Brisera le fil de mes jours,

A tes côtés je prendrai place

Au foyer des saintes amours.

A l'ombre de tes blanches ailes,

Dans les demeures éternelles,

Heureux enfant, j'irai m'asseoir;

Là, le front ceint de la couronne

Qu'à ses élus le Seigneur donne,

Père, un jour je pourrai te voir.

L'ORPHELIN

A MONSIEUR THIAC

Membre du Conseil-Général de la Charente, Secrétaire de la Commission consultative
de l'Institution impériale des Jeunes Aveugles.

O Dieu de l'univers, mon unique espérance,
Toi qui de l'orphelin peux calmer la souffrance,
    Exauce mes vœux en ce jour !
Donne-moi dans ton sein, Seigneur, une patrie,
Et rends-moi les baisers de la mère chérie
    Qui m'aimait avec tant d'amour.

Déchirants-souvenirs !... un soir grondait l'orage ;

De livides éclairs sillonnaient le nuage ;

   Dans le vallon soufflait le vent.

Le pâtre, plein d'effroi, regagnait sa chaumière,

Et, conviant les cœurs à la sainte prière,

   Sonnait la cloche du couvent.

Tandis que de baisers je couvrais l'humble image

De celui dont la voix sait enchaîner l'orage,

   Du sommeil me toucha la main.

Avec le jour naissant quand s'ouvrit ma paupière,

Les cris de ma douleur emplirent la chaumière,

   Car, hélas ! j'étais orphelin.

LE PAPILLON

A MONSIEUR GUADET

Receveur à l'Institution impériale des Jeunes Aveugles.

Gracieux papillon, qui toujours te reposes

Sur le sein embaumé des œillets et des roses,

Je me plais à te voir, quand souffle le zéphir,

Déployer au soleil tes ailes de saphir.

Je t'aime quand des eaux effleurant la surface,

Tu sembles te mirer, comme dans une glace,

Dans leur cristal si pur où vient mourir le jour.

Mais, insecte charmant, je t'aime plus encore

Si, dans un lys baigné des larmes de l'aurore,

Je te vois t'enivrer de parfums et d'amour.

LE MATIN

A MA MÈRE

J'aime à voir la naissante aurore
Se mirer dans les flots d'azur :
Des fleurs que Phébus fait éclore
J'aime le parfum doux et pur.

Du ruisseau roulant sous l'ombrage

Me plaît le bruit harmonieux ;

Et de zéphyr, dans le feuillage,

J'aime les soupirs amoureux.

J'aime le chant de l'alouette ;

J'aime à voir, sur un vert rameau,

Se jouer la tendre fauvette,

Se balancer le passereau.

J'aime la rose que colore

Le premier rayon d'un beau jour ;

Mais je t'aime bien plus encore,

Bonne mère ! à toi mon amour.

LE SOIR

A MON PÈRE

Le roi du jour, derrière les montagnes

Descend bercé dans un nuage d'or ;

Comme à regret, il quitte nos campagnes,

Et de sa couche il leur sourit encor.

Le passereau, la tête sous son aile,

Dort, balancé par la brise du soir ;

Près du ramier la colombe fidèle,

Ivre d'amour, fait des rêves d'espoir.

Du doux printemps l'aimable messagère

Voltige encore aux créneaux de la tour;

Amant des nuits, le hibou solitaire

Sort en criant de son obscur séjour.

Au loin j'entends une voix presque humaine,

De nos soupirs écho mystérieux,

Qui sous les bois lentement se promène,

Et va porter nos prières aux cieux.

Ces pieux chants, dont la douce harmonie

Élève l'âme en de nouveaux séjours,

Ne sont-ils pas les chants d'un bon génie

Créé par Dieu pour veiller sur nos jours?

Non; c'est la voix de l'airain du village

Disant du soir le modeste *Angelus;*

Mon cœur s'unit à son touchant hommage

Redit sans fin par le chœur des élus.

PARIS

A MONSIEUR DUFAU

Directeur de l'Institution impériale des Jeunes Aveugles.

Paris! c'est un volcan où sans cesse bouillonne

Le flot dévastateur des révolutions ;

C'est un champ où le vice abondamment moissonne ;

C'est un repaire affreux de sourdes factions.

2

C'est un gouffre sans fond où se plonge et s'abîme
Une jeunesse avide et folle de plaisirs,
Qui s'étourdit, s'aveugle et s'abandonne au crime,
Sans étancher jamais la soif de ses désirs.

A peine elle a vidé la coupe enchanteresse
Où s'unissent au miel des poisons dévorants,
Que son front tout à coup se charge de tristesse,
Que son visage est pâle et ses regards mourants.

Oh ! que d'infortunés ont vu leurs espérances
Joncher en s'effeuillant le seuil de leurs tombeaux !
Que d'hommes abrutis, dont les intelligences
Au vent des passions ont éteint leurs flambeaux !

Jeunes gens qui vivez heureux dans vos campagnes,
O vous qui respirez l'air fécond des montagnes,

N'abandonnez jamais vos champs, vos monts chéris !

Si d'un amour impur vous redoutez les flammes,

Si vous êtes jaloux de la paix de vos âmes,

    A tout jamais, fuyez Paris!

Bien loin de se montrer orgueilleux et superbe,

Le serpent se retire et se cache sous l'herbe,

Pour mieux tromper sa proie et pour la mieux saisir.

A Paris, sous les traits de l'aimable innocence,

On séduit l'âge mûr, comme la tendre enfance,

    Avec l'amorce du plaisir.

A Paris, la beauté se voit toujours flétrie ;

Les vices ont leurs sceaux sur des fronts de quinze ans,

La rose est sans parfums avant d'être fleurie.

Mères, loin de Paris gardez bien vos enfants!

UNE IDÉE DE DIEU

A MONSIEUR THIAC

Dieu, c'est un astre sans aurore
Dont les rayons sont des éclairs ;
C'est un feu puissant qui dévore
Tout ce qu'enferme l'univers.

Les mers sentent, à sa parole,

Se calmer leurs flots en courroux;

Il parle, la tempête vole;

C'est un Dieu bon, juste et jaloux.

Il est le sublime génie

Qui dit aux mondes suspendus

D'unir leur suave harmonie

Aux chœurs célestes des élus.

La fleur, amante du bocage,

Lui doit ses parfums odorants;

La colombe, son blanc plumage;

Et Philomèle, ses doux chants.

C'est par lui que la blonde Aurore

Verse des pleurs sur le gazon,

Et que l'astre qui fait éclore

S'endort le soir à l'horizon.

Il dit de gronder à l'orage;

Il donne leur parure aux bois;

Il donne à l'oiseau son langage;

Aux ruisseaux il donne une voix,

La brise qui le soir soupire

Dans les vallons silencieux,

L'étoile qui semble sourire

Dans le limpide azur des cieux,

L'aigle planant sur les montagnes,

Le brin d'herbe qui vit un jour,

Les riches moissons des campagnes,

Ne seraient pas, sans son amour.

Du cœur bienfaisant qui, sur terre,

S'ouvre propice aux malheureux

Et de l'infortune est le père,

Toujours il exauce les vœux.

A MONSIEUR DUMORISSON

Juge-de-Paix et Secrétaire du Conseil-Général du département de la Charente-Inférieure.

————

Il est un sentiment qu'en traits brûlants de flamme,
La nature a gravé dans le fond de notre âme :
C'est celui qui nous dit d'être reconnaissants
Envers ceux qui pour nous se montrent bienfaisants.

J'étais bien jeune encor, lorsque de la lumière

La main de l'Éternel me priva pour jamais :

Comme un rêve enchanteur, comme une ombre légère,

Bientôt s'évanouit ce qu'ici-bas j'aimais.

Dès-lors je ne vis plus de la naissante aurore

Au souffle du zéphir se distiller les pleurs ;

Ni la crête des monts que le matin sonore,

Ainsi que d'un manteau, revêt de ses vapeurs.

Je ne vis plus l'éclair s'échapper de la nue,

Et sillonner les airs de rougeâtres lueurs;

Je ne vis plus au ciel l'étoile suspendue,

Comme un phare, éclairer les pas des voyageurs.

Dès-lors je ne vis plus les tendres hirondelles
Former leurs bataillons au souffle des hivers;
Je ne vis plus les bois, quand de feuilles nouvelles,
Par la main du printemps, leurs rameaux sont couverts.

Le soir je ne vis plus, resplendissant de gloire,
Le soleil se coucher dans un nuage d'or ;
Je ne vis plus la nuit, lorsque sa mante noire
Couvre, ainsi qu'un linceul, le monde qui s'endort.

Gloire à celui qui donne, en son amour immense,
Aux peuples qu'il chérit des hommes vertueux,
Qui mettent leur bonheur à calmer la souffrance,
Et consacrent leur vie à faire des heureux!

Un soir, il m'en souvient, près de ma bonne mère
Je reposais, assis devant l'âtre enflammé,
Quand survint tout à coup, accompagnant mon père,
Un homme bienfaisant, des malheureux aimé.

En lui je reconnus une autre Providence,
Qui venait, par ses soins, adoucir ma douleur ;
Il fit luire en mon âme un rayon d'espérance,
Et dissipa l'ennui qui flétrissait mon cœur.

« Mon enfant, » me dit-il d'une voix grave et tendre,
« Il est temps de songer à former ton esprit ;
» Paris t'offre une école où tu pourras apprendre
» Tout ce qui fait le cœur, le charme et lui sourit.

» Là tu verras, ami, la jeune intelligence

» S'enrichir des trésors qui font le vrai bonheur ;

» Ton cœur sera nourri du pain de la science ; »

Tu ne m'oublias pas, ô noble bienfaiteur !

Bientôt je vis pour moi s'ouvrir un nouvel âge ;

Ton touchant souvenir, en de lointains climats,

Inspira mes efforts et soutint mon courage

Au milieu des écueils que rencontraient mes pas.

Il est bien malheureux celui qui, jeune encore,

Est contraint de quitter le foyer paternel

Pour s'en aller bien loin des parents qu'il adore ;

Que ses ans sont amers ! que son sort est cruel !

Du jour de mon départ bientôt brilla l'aurore :

A tous ceux que j'aimais je fis un tendre adieu,

Et, comme ces enfants dont la voix nous implore,

Je quittai mon pays, me confiant à Dieu.

Sa main n'abandonna jamais dans la souffrance

Et ne laissa jamais sans joie et sans amour

L'enfant qui met en lui toute son espérance,

Et qui pour ses parents l'invoque chaque jour.

De ceux qui partageaient ma cruelle infortune

La touchante amitié me rendit le bonheur ;

La souffrance est moins grande alors qu'elle est commune

Un ami n'est-il pas le plus doux bien du cœur ?

Toujours, quand par nos yeux des larmes sont versées,
Un mot consolateur nous est donné par lui ;
Il est le confident de toutes nos pensées,
Et dans l'adversité nous l'avons pour appui.

Sa parole est pour nous comme un divin dictame ;
Elle calme, elle endort souvent notre douleur ;
Son âme est le miroir où se mire notre âme,
Et son cœur est l'écho de notre propre cœur.

Quand la mort tout à coup, de sa faulx meurtrière,
Aux plaisirs, au bonheur, nous ravit jeune encor,
En répandant des pleurs, il clôt notre paupière ;
Sa prière pour nous vers le ciel prend l'essor.

Bientôt je quitterai l'asile où mon enfance
A vu ses jours s'enfuir comme de courts instants ;
Bientôt il me faudra, sur une mer immense,
Guider mon frêle esquif et braver les autans.

Avec l'aide de Dieu je pourrai, je l'espère,
Voir dans le monde un jour mes efforts réussir ;
Ami, qui fus touché de ma douleur amère,
Je garderai toujours ton tendre souvenir.

Puisse le Roi des Rois, exauçant mes prières,
Te donner ici-bas des jours longs et prospères !
Puisse-t-il dans le ciel, pour prix de tes vertus
Un jour te recevoir au banquet des élus !

POUR LES PAUVRES!

A MADEMOISELLE BLANCHE DESCHAMPS

Vous qui vivez dans l'opulence,
Vous qu'a favorisé le ciel,
Sur ceux que brise la souffrance
Répandez le baume et le miel.

De tous les biens que Dieu vous donne

Les pauvres ne sont pas jaloux :

Ils auront au ciel la couronne ;

Donnez ; elle est aussi pour vous.

Sur le seuil de votre demeure ,

Lorsque l'hiver se fait sentir,

Si quelquefois un pauvre pleure ,

Ah ! ne le laissez pas souffrir.

En lui de Dieu voyez l'image ;

Riches , rendez son sort plus doux ;

Donnez ; il reprendra courage ;

Donnez ; il priera Dieu pour vous.

Aux malheureux que l'âge incline
Ouvrez vos palais brillants d'or ;
Pour la veuve, pour l'orpheline,
Dîmez, dîmez votre trésor.

Tout ce que sur la terre on donne,
Le bon Dieu dans le ciel le rend :
Riches, souvent faites l'aumône ;
Au ciel la palme vous attend.

RÉVEIL D'UN BEAU JOUR

A MONSIEUR ÉMILE BARATEAU

Ancien Chef de Cabinet au Ministère de l'Intérieur.

L'aurore, en s'éveillant, parsème de ses roses
Les monts dont les sommets semblent toucher les cieux ;
Zéphir donne un baiser aux fleurs à peine écloses ;
Ecoutez du hameau l'airain mystérieux.

3*

Sur les saules en pleurs la colombe fidèle

Mêle au bruit du ruisseau son doux gémissement ;

Aux arches de la tour voltige l'hirondelle ;

On entend des grands bois le sourd frémissement.

L'astre roi, qui des jours mesure la carrière,

Se lèvera bientôt à l'horizon vermeil ;

Déjà s'ouvre à demi son ardente paupière ;

Les oiseaux, par leurs chants, annoncent son réveil.

La fleur qui lui sourit, à la brise rêveuse

Abandonne en s'ouvrant les parfums de son miel ;

Riche de ce trésor, la folle aventureuse

S'enfuit en balayant le tendre azur du ciel.

CANTATE

A MONSIEUR DE LA TRONCHÈRE

Directeur-Adjoint de l'Institution impériale des Jeunes Aveugles.

1er CHOEUR.

Des oiseaux le doux ramage
Ne charme plus le bocage ;
On n'entend que le bruit
Du ruisseau qui s'enfuit ;
Chantons : voici la nuit.

1er SOLO.

De la rose vermeille,

Que caresse l'abeille,

Les parfums odorants

Viennent charmer mes sens ;

Du berger la musette

Dans le lointain répète

Les gais et joyeux sons

De ses douces chansons.

2e CHOEUR.

Des oiseaux le doux ramage

Ne charme plus le bocage ;

On n'entend que le bruit

Du ruisseau qui s'enfuit ;

Chantons : voici la nuit,

La nuit silencieuse,

La nuit mystérieuse ;

Chantons le jour qui fuit ;

Chantons : voici la nuit.

2e SOLO.

O reine des étoiles,

Astre majestueux,

Viens, dissipe les voiles

Qui nous cachent les cieux.

Des nuits blanche courrière,

Sur ton char argenté

Viens ; répands sur la terre

Ta tremblante clarté.

5° CHOEUR.

Déjà dans la campagne

Tout est sombre et sans bruit;

Déjà sur la montagne

L'étoile du soir luit;

Chantons: voici la nuit,

La nuit silencieuse,

La nuit mystérieuse;

Chantons le jour qui fuit;

Chantons la belle nuit.

5e SOLO.

Arrêtons-nous dans ce riant bocage,

Et respirons l'haleine du printemps:

Du rossignol caché dans le feuillage,

Du rossignol écoutons les doux chants.

Reposons-nous dans ce lieu solitaire ;

Attendons-y le gai réveil du jour ;

Le ciel est pur, et la brise légère

De ses baisers rafraîchit ce séjour.

CHOEUR FINAL.

Amis, dans la campagne,

Tout est sombre et sans bruit ;

Là-bas, sur la montagne,

L'étoile du soir luit ;

Chantons : voici la nuit,

La nuit silencieuse,

La nuit mystérieuse ;

On n'entend que le bruit

Du ruisseau qui s'enfuit ;

Chantons la belle nuit.

FRAGMENT

Ange dont la voix si touchante
A pour moi la douceur du miel,
Rose dont le parfum m'enchante,
Près de vous je me crois au ciel.

Vous aimer de toute mon âme,

Toujours vous porter dans mon cœur;

Vous dire ma constante flamme,

Voilà ce qui fait mon bonheur.

Pour moi votre bouche vermeille

Prononce-t-elle un mot d'amour,

Je suis joyeux comme l'abeille

Aux premiers rayons d'un beau jour.

Si parfois mon âme est flétrie,

Vous êtes là pour me charmer :

Ange si doux, je vous en prie,

Laissez-moi toujours vous aimer.

FRAGMENT

Toutes les nuits ta douce image
Dans un beau rêve me sourit ;
De celui que mon cœur chérit,
Si ce n'était de ton jeune âge,
Enfant, en toi je croirais voir
Les traits comme dans un miroir.

SOUVENIR DE MA MÈRE

Au son de l'Angelus

————

Seule, peut-être, en son humble demeure,
Ou prosternée à l'ombre du saint lieu,
Ma mère, hélas! chaque soir, à cette heure,
Verse pour moi des larmes devant Dieu. .

————

RETOUR DU MONTAGNARD

Imité de l'Anglais

———

Plus de cités, plus de campagnes,
Retournons, volons aux montagnes,
Où le daim sauvage bondit,
Où le clair ruisseau retentit ;

Retournons aux forêts, aux clairières profondes,

Où notre enfance a vu s'écouler ses beaux jours;

, Après vos haleines fécondes,

Hélas! nous soupirons, montagnes nos amours.

Maisonnette de la colline,

Toi que baigne une onde argentine,

J'ai bien longtemps pleuré sur toi :

L'espoir enfin mourut en moi.

L'exil est bien amer, où vaines sont les larmes;

Oh! maintenant je viens, montagne mon trésor,

Je viens m'enivrer de vos charmes;

Qu'il est doux à mes yeux de vous revoir encor!

Forêts aux immenses ombrages,

Rochers muets, grottes sauvages,

Montagnes aux fronts menaçants,

Echos, répétez mes accents !

J'ai frappé mes bourreaux des débris de mes chaînes ;

De mon cachot affreux les murs se sont ouverts ;

Je fuis les cités et les plaines ;

Bienvenus la montagne et les libres déserts.

QUATRAIN

Charmant domino noir
Dont la voix est si tendre,
Combien j'aime à t'entendre!
Que je voudrais te voir!

LA CLOCHE

A SA GRANDEUR MONSEIGNEUR L'ARCHEVÊQUE DE PARIS

Il est, dans le charmant village
Où ma mère me mit au jour,
Une cloche qu'en mon jeune âge
J'écoutais frémir dans sa tour.

4*

C'est celle dont la voix sonore
Par de graves et pieux sons,
Annonce la nuit et l'aurore
Aux bons habitants des vallons.

C'est la voix qui tous les convie
Au sacrifice solennel
Où l'agneau qui donne la vie
S'offre pour eux sur un autel.

C'est le soupir d'une âme pure
Priant le soir dans le saint lieu ;
C'est la plainte de la nature
Qui s'élève jusques à Dieu.

C'est la voix qui chante et qui pleure
Quand naît ou quand meurt un enfant ;
C'est la cloche dont la demeure
Porte au ciel son coq triomphant.

Joli clocher de mon village,
De loin te voit le voyageur :
Ta croix, du salut humble gage,
Éveille la foi dans son cœur.

Sous la flèche qui te décore
Et qui brave l'effort du temps,
Quand s'éveille la blonde aurore,
Le vœu s'élève avec l'encens.

Le soir la timide hirondelle

Qui vient dormir dans le saint lieu

S'unit à ton airain fidèle

Et rend ses hommages à Dieu.

Il chasse, dit-on, les orages

Qui parfois grondent dans les airs,

Et dissipe les noirs nuages

D'où sortent de blafards éclairs.

Il chante le doux hyménée

Dans ses religieux concerts ;

Sa voix, par le vent entamée,

Se répand au loin dans les airs.

Il est l'écho de la prière

Des cœurs nobles et généreux

Qui sont, comme vous, sur la terre

Pour soulager les malheureux.

A MES PARENTS

A L'OCCASION DE LA NOUVELLE ANNÉE

———

Bientôt du nouvel an se lèvera l'aurore :
Heureux si dans vos bras je voyais son retour !
Exilé loin de vous, ô parents que j'adore,
Si sous mes doigts craintifs mon luth frémit encore,
Dans de modestes vers je vous veux en ce jour
Témoigner mon respect et mon constant amour.

Pourquoi du doux zéphir ne puis-je avoir les ailes?

Parents aimés, j'irais vous presser sur mon cœur :

Ah ! si j'étais léger comme les hirondelles,

Si je fendais les airs comme les tourterelles,

Vers toi je volerais, ô ma petite sœur,

D'innocence et d'amour aimable et tendre fleur !

Vous dont je suis aimé, vous dont je tiens la vie,

Vous pour qui chaque jour j'invoque le Seigneur,

Père sensible et bon, mère douce et chérie,

Frère, sœurs, que souvent à mon âme attendrie

En fantômes légers peint un rêve enchanteur,

Vivez tous de longs jours, c'est le vœu de mon cœur.

Privé bien jeune encor de la douce lumière,

Je ne croyais, hélas ! vivre que pour souffrir ;

Tout semblait n'être plus pour moi sur cette terre
Qu'amertume et douleur ; comme l'ombre légère,
Tout ce qui m'entourait parut s'évanouir ;
De tout ce que j'aimais je ne dus plus jouir.

Dès-lors je ne vis plus les oiseaux, les bocages,
Les clairs ruisseaux roulant leurs flots harmonieux ;
Je ne vis plus l'éclair briller dans les orages,
Le soleil se jouer à travers les nuages,
Les sillons empourprés qu'il trace dans les cieux,
Ni de l'astre du soir les regards amoureux.

Je ne vis plus l'épi courbe par le zéphyre ;
Je ne vis plus les fleurs écloses sous mes pas,
Ni le bleu firmament où l'aurore se mire ;
Pour moi sur un visage errait-il un sourire.

Enfant infortuné, je ne le voyais pas !

N'était-il donc pour moi que douleurs ici-bas ?

Hélas ! vous le croyiez, parents que je révère,

Vous que mon triste sort a fait souvent gémir ;

« Que fera, disiez-vous, notre enfant sur la terre ?

» Mon Dieu, que fera-t-il ?... » ô mon père ! ô ma mère !

Alors avec effroi, pensant à l'avenir,

Vous sentiez dans vos yeux des pleurs brûlants courir.

Mais calmez vos chagrins ; à la douce espérance

Ouvrez, ouvrez vos cœurs, ô mes parents chéris !

L'Eternel m'a béni dans son amour immense ;

Du savoir, en mon âme, il a mis la semence ;

Un utile travail à mes mains est permis.

Ne pleurez plus mon sort, ô mes tendres amis !

Sept mois d'attente encore, et vers toi je m'élance,

Mère qui me disais de prendre en mon malheur

Pour boussole la foi, pour voile l'espérance ,

Mère qui m'enseignas dès ma plus tendre enfance

La crainte, le respect et l'amour du Seigneur :

Au moment de te voir j'aspire avec ardeur.

Père, dont les regards sur moi planaient sans cesse,

Ami dont les baisers me faisaient tant de bien,

Ton image est toujours présente à ma tendresse.

Bons parents , je voudrais, en ce jour d'allégresse,

Sentir battre vos cœurs pressés contre le mien ;

Près de vous, à ma joie il ne manquerait rien.

O toi qui peux donner et reprendre la vie,

Architecte divin de ce vaste univers,

Dieu tout puissant et bon que chaque jour je prie,

Et toi, Reine des cieux, Vierge sainte, ô Marie,

Vous que les séraphins chantent dans leurs concerts,

Veillez, veillez toujours sur ceux qui me sont chers !

SOUVENIRS

A MONSIEUR THIAC

Jadis j'aimais ce doux ombrage
Où l'oiseau mêlait son ramage
Au murmure charmant des eaux ;
J'aimais ces immenses prairies,
Quand les marguerites fleuries
Les émaillaient de leurs réseaux.

Aux créneaux des vieilles tourelles
J'aimais à voir les hirondelles
Suspendre leurs nids au printemps ;
J'aimais lorsque dans les ogives
Hurlaient avec des voix plaintives
Les aquilons, fils des autans.

J'aimais à voir la jeune abeille
Ravir à la rose vermeille
Les tendres parfums de son miel ;
Lorsque la nuit tendait ses voiles,
J'aimais à compter les étoiles
Qui s'épanouissaient au ciel.

J'aimais quand la lune rêveuse
Jetait sa lumière douteuse

Sur nos vallons silencieux ;

J'aimais quand fendant le nuage

L'éclair, précurseur de l'orage,

Sillonnait la plaine des cieux.

J'aimais quand se levait l'aurore

A voir les pervenches éclore

Sous les baisers d'un zéphir pur

J'aimais sur la feuille posée

A voir la goutte de rosée

Où des cieux se mirait l'azur.

Sous les ondoyantes charmilles

J'aimais à voir les jeunes filles

Se former en cercles joyeux ;

J'aimais sur les trembles humides

A voir les colombes timides
Lisser leur plumage soyeux.

Quand du hameau la voix pieuse
Disait l'hymne mystérieuse,
Ivresse du divin séjour,
Des pleurs inondaient ma paupière ;
Mon cœur n'était qu'une prière
De foi, d'espérance et d'amour.

J'aimais, lorsque le grand dimanche
J'allais, en longue robe blanche,
Jeter des roses devant Dieu ;
J'aimais, touchante et recueillie,
Comme à la source de la vie,
La foule accourant au saint lieu.

J'aimais lorsque, quittant ma couche,

J'allais recueillir sur la bouche

De la mère chère à mon cœur,

Un aimable et tendre sourire,

Où mon œil ravi pouvait lire :

Amour, félicité, bonheur.

RÉPONSE A UN AMI

Ta lettre de mon âme a banni les alarmes,
Et par elle, un instant, je renais au bonheur ;
Ton long silence, ami, faisait couler mes larmes,
Et souvent, malgré moi, j'étais sombre et rêveur.

Depuis le jour fatal que marqua ton absence,
Il règne un vide affreux dans mon cœur languissant :
Maintenant le plaisir, c'est pour moi la souffrance,
Et l'amitié naïve a perdu son accent.

Rien ne peut égayer ma profonde tristesse :
Sans toi je n'aime plus ni le chant des oiseaux,
Ni le parfum des fleurs que le zéphyr caresse,
Ni les concerts lointains des murmurantes eaux.

Je n'aime plus des nuits l'astre plein de mystère,
Versant sur les vallons sa mobile clarté ;
Je n'aime plus d'Orma la grotte solitaire,
Ni de ses verts coteaux la noble majesté.

Le soir n'a point de voix pour parler à mon âme ;

L'aurore point de pleurs, ni le vent de soupirs,

La mer n'a point de flots, le ciel n'a point de flamme ;

La rose est sans parfums, le printemps sans zéphyrs.

Souvent quand je parcours les nombreuses allées

Qui coupent en tous sens le bois cher à ton cœur,

Je me rappelle, ami, les heures écoulées

En de doux entretiens dans ce bois enchanteur.

Si la voix d'un oiseau vient frapper mon oreille,

Si la prière sonne aux hameaux d'alentour,

Si dans les airs j'entends bourdonner une abeille,

Si je cueille une fleur éclose avec le jour ;

Si de l'humble ruisseau serpentant sous l'ombrage,

Le doux gazouillement arrive jusqu'à moi,

D'un bonheur qui n'est plus, je retrouve l'image :

Fleur, insecte, ruisseau, tout me parle de toi.

Tout me dit qu'en des jours que le passé dévore,

Ta main, pressant ma main, me révélait ton cœur ;

Que pour moi dans tes yeux souvent venait éclore

Un souris dont, hélas! j'ignorais la douceur.

Ah! si mes yeux jamais ne virent ton visage,

Si jamais ton regard ne fût connu du mien,

De ton cœur j'ai toujours entendu le langage,

Et de ton amitié j'ai toujours fait mon bien.

MÉLODIE

Je crois voir tes paupières closes
S'ouvrir après un long sommeil,
Ainsi que des boutons de roses
Aux premiers rayons du soleil.

Dans mes rêves j'entends encore

Ta bouche murmurer des mots

Que dans son ivresse dévore

Mon cœur, dont ils sont les échos.

  Ton amour est ma vie ;

  Ton bonheur est le mien ;

  Enfant, au ciel ravie,

  Que mon sort soit le tien.

Parfois aussi sur mon visage

Je sens tes lèvres se poser ;

Ainsi la fleur dans le bocage

Sent de zéphyr le doux baiser.

Dans tes yeux, que vers moi tu penches,

Voilés d'une larme d'amour,

Je crois voir l'azur des pervenches

Humides des larmes du jour.

Ton amour est ma vie ;

Ton bonheur est le mien ;

Enfant, au ciel ravie,

Que mon sort soit le tien.

A UN AMI

───────

« Il est parmi les jours que nous passons sur terre

» Des jours de douce joie et de tristesse amère ;

» Mais, Clovis, tu le sais, comme le mien, ton cœur

» A déjà bu souvent , bien qu'au seuil de la vie,

» La coupe des chagrins même jusqu'à la lie,

« Et rarement goûté les charmes du bonheur. »

Ainsi tu me parlais, ami, sous le vieux tremble,
Où deux heures au moins nous restâmes ensemble.
L'air était frais et pur, il m'en souvient encor ;
La courrière des nuits, au front des cieux assise,
Versait sur le vallon sa lueur indécise ;
Les étoiles brillaient comme des lampes d'or.

Le rossignol, mêlant sa voix plaintive et douce
Au murmure des eaux dans leur bassin de mousse,
Réjouissait les bois, les vergers d'alentour ;
Et, riche des parfums qu'à cent fleurs elle vole,
Dans le feuillage vert jouait la brise folle,
Et de ses frais baisers embaumait ce séjour.

Oh ! que j'étais heureux ! que j'aimais à t'entendre
Me parler d'êtres chers à ton cœur noble et tendre,

De Mathilde, trésor de grâces et d'amour !

Son âme sur ton âme avait un grand empire ;

Dans chaque astre naissant tu voyais son sourire ;

Tu souhaitais l'avoir pour ta compagne un jour.

Mathilde ! elle, sans cesse, occupait ta pensée ;

Dans chaque fleur des champs par zéphyr balancée ,

De ses lèvres tes yeux admiraient la fraîcheur ;

Dans la lune, dont l'eau réfléchissait l'image,

Et qui de ses rayons argentait le nuage,

Tu voyais de ses traits le calme et la douceur.

Tu m'entretins aussi de deux amis sincères

Qui de Mars, comme toi, suivent les lois sévères ;

Olivier, Ferdinand, voilà leurs noms chéris !

La Bretagne de l'un salua la naissance ;

L'autre reçut le jour sous le ciel de Provence ;
Tous les deux, comme toi, sont de gloire nourris.

Trois ans par vous passés dans la brillante école
Qu'enfanta le héros d'Austerlitz et d'Arcole,
Virent de vos trois cœurs l'union se former.
Déjà, six fois depuis, le cadran des années
A vu vers leur sommet ses aiguilles tournées,
Et jamais vous n'avez cessé de vous aimer.

Rien n'altéra jamais la noble sympathie
Par laquelle vos cœurs vivent la même vie,
Et qui donne à votre âme une image du ciel.
Qu'elle vous soit toujours douce dans la souffrance,
Comme au pauvre captif son jour de délivrance,
Comme au petit enfant le blond rayon de miel !

Pour moi je souhaitais une amitié si belle,

Quand ta voix, de ton cœur interprète fidèle,

Me dit que dans un court et premier entretien

En moi tu reconnus une âme aimante et tendre,

Un cœur brûlant, avide et facile à comprendre,

Miroir limpide et pur où se mirait le tien.

D'un ami qui n'est plus je vois en toi l'image;

Son cœur était le tien; il serait de ton âge;

Il m'aimait tendrement; tu m'aimes comme lui.

Il séchait de mes yeux chaque larme versée;

J'aimais de son amour; je pensais sa pensée;

Il était mon conseil; il était mon appui.

Pour la cinquième fois, la seconde nature

De la main du printemps recevait sa parure,

Depuis le jour heureux qui vit nos cœurs s'unir;
Déjà de l'âpre hiver le souffle qui dévore
Faisait place à Zéphyr dont l'aile fait éclore :
Tout par lui renaissait ; seul, il devait mourir.

Oh ! je le vois encore dans son brûlant délire,
Sur ses lèvres pour moi rappeler un sourire ;
J'entends encore sa voix étouffée à demi.
Après l'avoir couvert des baisers de ma bouche,
Un instant, je quittai le chevet de sa couche ;
Je revins... oh ! Félix, je n'avais plus d'ami !

Mais je retrouve en toi comme un autre lui-même ;
En frère je l'aimais ; en frère aussi je t'aime ;

Pour mon âme il n'est plus désormais de douleur;

Pour moi la vie encore a retrouvé des charmes;

J'aime; je suis aimé; pour mes yeux plus de larmes;

Maintenant pure joie, ivresse pour mon cœur.

A MONSIEUR L'ABBÉ DUQUESNAY

———

Pasteur dont la parole
A mon cœur fit un jour
Comprendre le symbole
De l'ineffable amour,

Poète dont la lyre

Est un écho du ciel,

Toi que Dieu seul inspire

En ta langue de miel,

Dans la pieuse enceinte

Où tu disais l'espoir

Que donne la croix sainte

Je me rendis un soir.

Un chant de pénitence

Sous le dôme sacré

De mille voix s'élance;

Mon cœur est enivré.

Ami, tu me consoles;

Mon cœur faible et souffrant

Se ranime aux paroles

Du Sauveur expirant.

Ces paroles touchantes

De l'arbitre des rois,

Tombant déjà mourantes

De l'arbre de la croix,

Sont pleines d'espérance,

De paix et de bonheur,

Et calment la souffrance

Du malheureux pécheur.

Il y voit la tendresse

De son Dieu mort pour lui;

Dans la croix sa faiblesse

Trouve un constant appui.

Apôtre qui publies

Les merveilles du ciel,

Bon père qui délies

Au nom de l'Éternel,

Dans tes saintes prières;

D'un pauvre enfant dont Dieu

A fermé les paupières,

Souviens-toi! c'est mon vœu.

L'EXILÉ

———

Oui, c'en est fait, loin de la France
D'affreuses lois me vont bannir ;
Le cœur flétri par la souffrance,
Je pars pour ne plus revenir.

Je vais sur la terre étrangère
Où je périrai sans secours ;
Je quitte une amante, une mère,
Dont seul j'embellissais les jours.

O France, ô ma noble patrie !
Des pleurs d'amour baignent mes yeux ;
Pour ton bonheur, France chérie,
Souvent je formerai des vœux.

Bientôt de nos belles montagnes
Il me faudra quitter l'air pur ;
Du ciel si beau de nos campagnes
Bientôt je quitterai l'azur.

Je vais aller sans espérance
Bien loin sur un sol étranger
Redemander ma belle France
Au petit oiseau passager.

O France, ô ma noble patrie !
Des pleurs d'amour baignent mes yeux ;
Pour ton bonheur, France chérie,
Souvent je formerai des vœux.

Après la pénible journée
Qui mettra fin à ma douleur,
Pour une enfant infortunée
Dont l'amour fait tout mon bonheur

Le monde n'aura plus de charmes,

Et n'attendant plus mon retour

Elle flétrira dans les larmes

Son cœur pour moi brûlant d'amour.

Lorsque j'aurai quitté la vie,

Écho des bois, brise des cieux,

A la beauté qui m'est ravie

Reportez mes derniers adieux.

CHANT DES PÊCHEURS BRETONS

Braves amis, quittons ces rives ;
Là-bas, comme un râle de mort,
J'entends dans les vieilles ogives
Gémir le vent glacé du Nord.

C'est l'heure où les noires sorcières
Quittent leurs antres solitaires
Et détournent de son chemin
Le pâtre imprudent qui s'attarde
Et qui sans nul effroi regarde
Le jour penché vers son déclin.
L'Océan de ses voix plaintives
Fait entendre l'aimable accord :
Les flots là-bas battent les rives ;
Fuyons, prions, gagnons le port.

A MONSIEUR THIAC

———

Au vent capricieux du sort
Sans crainte je livre ma voile,
Puisque j'ai votre cœur pour port
Et votre amitié pour étoile.

Les flots en vain grondent sous moi ;

Le ciel en vain s'enflamme et tonne ;

Mon âme reste sans émoi ;

Leur fureur n'a rien qui m'étonne.

Des envieux au cœur jaloux

Je méprise le noir langage ;

Plus acharnés seront leurs coups,

Plus puissant sera mon courage.

LE DÉPART DU SAVOYARD

Je vais quitter cette chaumine
Où je reçus jadis le jour,
Ce beau vallon, cette colline,
Dignes objets de mon amour.

Je vais loin de ces lieux, ma mère,
Où commencèrent nos douleurs,
Par mon travail gagner, j'espère,
Un pain qui séchera vos pleurs.

Déjà dans la pauvre chaumière
Le vent d'hiver se fait sentir ;
Embrassez-moi, ma vieille mère ;
C'est le signal : il faut partir.

Ne pleurez pas, ma bonne mère ;
Je reviendrai dans ces climats
Quand le printemps sur cette te
Aura remplacé les frimats.

Ma mère, adieu; prenez courage;

J'emporte la croix du Sauveur,

Et votre consolante image,

Précieux gage du bonheur;

Déjà dans la pauvre chaumière

Le vent d'hiver se fait sentir;

Embrassez-moi, ma vieille mère;

Bénissez-moi, je vais partir.

Il part. Sa mère désolée

Tout bas forme pour lui des vœux;

Il disparaît dans la vallée;

Sa mère encor le suit des yeux.

Un jour, en ta belle patrie,
Bon Savoyard, tu reviendras ;
Mais, hélas ! ta mère chérie
Dans ses foyers ne sera pas.

Il s'en revint dans la chaumière
Lorsque l'hiver allait finir ;
Il n'y retrouva pas sa mère.
Il revint ; ce fut pour mourir !

MADEMOISELLE ALIDA

Si le ciel me faisait la grâce

D'avoir au fond de votre cœur

Une toute petite place,

Rien n'égalerait mon bonheur.

Si de votre bouche où respire

La rose au parfum séducteur

Mes vers méritaient un sourire,

Rien n'égalerait mon bonheur.

Si vous vouliez me laisser prendre,

Sur votre visage enchanteur,

De tous les baisers le plus tendre,

Rien n'égalerait mon bonheur.

PRIÈRE DE LA FRANCE

« O toi, Père éternel, qui, du trône des cieux,

» Sur l'homme gémissant daignes jeter les yeux !

» Toi que celui qui souffre en vain jamais n'implore !

» Dieu tout puissant et bon que l'univers adore !

7*

» Prends en pitié les pleurs de mes yeux languissants;

» De ma mourante voix écoute les accents.

» Si tu plaignis jamais la douleur maternelle,

» Oh ! soulage le sort d'une pauvre mortelle,

» Belle et fière jadis en ses jours triomphants,

» Et que meurtrit, hélas ! la main de ses enfants.

» Ils ont chargé mes bras des fers de l'esclavage ;

» Ils déchirent mon sein dans leur aveugle rage ;

» Ils couvrent par leurs cris le cri de mes douleurs,

» Et par des ris amers répondent à mes pleurs.

» Sur ces fils, mes bourreaux, j'appelle ta clémence ;

» Fais éclore, Seigneur, mon jour de délivrance.

» Après l'horrible nuit sur moi, dans ta bonté,

» Fais luire l'astre pur de la prospérité,

» Tu me verras toujours marcher à ta lumière. »

Elle dit : Jéhova sourit à sa prière,

les saints, prosternés aux pieds de l'Eternel,

Attendaient humblement le décret solennel.

Après quelques instants d'un sublime silence :

« Eclatant séraphin, protecteur de la France,

» Vas, dit le Roi des Rois, prends ce glaive vengeur

» Que pour les fils ingrats a forgé ma fureur ;

» Vas, punis les bourreaux de la fille que j'aime. »

L'immortel, à ces mots, devant l'Être suprême

Incline avec respect son front majestueux ;

Le fer brille en ses mains ; l'éclair est dans ses yeux :

Il s'élance soudain du haut de l'Empyrée,

Et, fendant d'un vol prompt la campagne éthérée,

Où roulent mille feux d'harmonie et d'amour,

Il arrive bientôt au terrestre séjour.

(Extrait du petit poème : LA FRANCE ET LES DEUX NAPOLÉON).

L'ANGE DE LA FRANCE

A NAPOLÉON III

« Le sort des nations pèse dans la balance ;

» L'Éternel t'a choisi, tu dois sauver la France ;

» *Fils de la Liberté*, prends ce glaive vengeur

» Qu'en un jour de justice a forgé sa fureur.

» Souvent frappe, punis ; mais plus souvent pardonne

» Qui pardonne ici-bas, au ciel a la couronne. »

Il dit, et disparaît ainsi qu'une vapeur

Laissant en.traits de feu ses ordres dans ton cœur.

O mortel dont le nom partout répand l'ivresse,

Grande est ta mission, plus grande est ta tendresse !

La France est dans les fers ; et tu dois la venger.

Dieu dirige ton bras ; pour toi point de danger.

En vain autour de toi s'amoncelle l'orage,

Rien ne peut arrêter ton sublime courage ;

Tu voles, et bientôt sous ta main tout fléchit ;

Par toi de ses liens la France s'affranchit ;

Une nouvelle vie en elle prend naissance,

Et son cœur maternel s'enivre d'espérance ;

Elle pressent déjà sa future grandeur.

L'*aigle* de nos drapeaux relève la splendeur ;

Et la religion, arbre saint de la vie,

Comme la tendre fleur que l'hiver a flétrie

Renaît au doux printemps sous la main du zéphyr,

Enfin en liberté, sous toi, va refleurir.

A ces signes pieux que donne ta sagesse,

L'Église a répondu par un cri d'allégresse ;

Ce cri trouve un écho dans le cœur des Français ;

Tous bénissent ton nom ; tous disent tes bienfaits ;

De l'*astre* des *héros* on voit en toi l'image.

Désirant ton appui contre un nouvel orage,

La France avec bonheur sur toi fixe son choix,

Et ton grand nom *jaillit* de *huit millions* de voix !

Pilote reconnu par ce brillant suffrage

Du vaisseau que ta main a *sauvé* du naufrage,

Tu prends le gouvernail, et les flots étonnés

Reculent en grondant, l'un par l'autre entraînés.

C'est alors que ton cœur, *noble espoir* de la *France*,

Du ciel avec respect admirant la puissance,

Voulut, aux yeux de tous, offrir à l'Éternel

De ton beau dévoûment l'hommage solennel.

Pour le *nouvel élu* l'on vit la cathédrale

Rappeler des grands jours la *pompe impériale ;*

Mille drapeaux livrés à l'haleine des vents

Sur les antiques tours flottaient à plis mouvants.

Un glaive d'une main , de l'autre une couronne,

Là t'attendait la *France* assise sur son trône ;

Sitôt que tu parais sous le dôme éclatant

De ton *nom glorieux* soudain retentissant,

Elle marche vers toi rayonnante de gloire :

Moins belle on la voyait en ses jours de victoire,

Où l'univers tremblait au nom de son héros !

Avec un doux sourire elle te dit ces mots :

« O toi qui m'as rendu ma liberté ravie,

» Qui des bords du cercueil as rappelé ma vie ;

» Toi qui, si jeune encor, as vécu de douleur ;

» Toi qui viens aujourd'hui m'apporter le bonheur ;

» Des vainqueurs sur ton front en posant la couronne,

» *Élu* de *Jéhova*, souffre que je te donne

» Pour prix de tous les biens dont m'a comblé ton cœur,

» Avec le nom de *fils*, celui de mon *sauveur*.

» Proscrit dès le berceau des lieux de ta naissance,

» Ta vie, hélas ! n'était qu'une longue souffrance ;

» Pour moi mourant d'amour sur le sol étranger,

» Tu me redemandais à l'oiseau passager.

» Mais pourquoi du passé réveiller les alarmes,

» Quand l'avenir par toi brille de tant de charmes ?

» Pourquoi te rappeler les jours de ta douleur ?

» C'est que leur souvenir déchire encor mon cœur !

» Non, non, tu m'es rendu ; pour moi plus de souffrance ;

» Ta main de mes tyrans a puni la démence ;

» Respectée à jamais des peuples et des *rois* ,

» *O mon fils !* je vivrai sous tes aimables lois.

» De quels beaux feux pour moi l'horizon se colore !

» Quel heureux avenir à mes yeux brille encore !

» Qu'à de nouveaux combats s'élancent mes enfants !

» Je les vois revenir heureux et triomphants ;

» Leurs fronts sont ombragés de palmes immortelles ;

» J'entends les cris vainqueurs de leurs *aigles* fidèles ;

» L'*Europe* est à mes pieds une seconde fois ;

» Sa tête s'est courbée *impuissante* à ta voix ;

» Oui, tu deviens ma *gloire* après mon *espérance !* »

A son libérateur ainsi parlait la *France ;*

Et les anges aux cieux, d'un accent solennel,

Chantaient *gloire* à celui qu'a choisi l'*Eternel !*

(Extrait du petit poème ; LA FRANCE ET LES DEUX NAPOLÉON).

DE LA POSSIBILITÉ

DE L'EMPLOI DES PROFESSEURS AVEUGLES

SOCIÉTÉ DES INSTITUTEURS ET DES INSTITUTRICES

Du département de la Seine.

DE LA POSSIBILITÉ

DE L'EMPLOI DES PROFESSEURS AVEUGLES

HISTORIQUE

PAR M. ROBINET

Membre, Vice-Président de la dite Société, Officier d'Académie,
Instituteur à Paris, rue St-Martin, n° 136.

J'ai eu l'honneur d'appeler votre attention sur des faits que j'ai expérimentés et qui m'ont paru susceptibles d'obtenir toutes les sympathies d'une société comme la nôtre, c'est-à-dire d'une société éclairée et toujours disposée au bien.

Un grand nombre d'enfants, vous le savez, sont atteints dès leur naissance ou dès leur bas âge d'une infirmité redoutable qui, récemment encore, mettait l'être qui en était frappé dans la plus déplorable des conditions, s'il appartenait à une famille pauvre.

Je veux parler de la cécité.

L'aveugle alors était voué sans réserve à l'ignorance la plus absolue, et son esprit restait dans les mêmes ténèbres que ses yeux.

Heureusement, il n'en est plus ainsi de nos jours. La bienveillance du Gouvernement a rendu possibles toutes les améliorations que des hommes éminents par leur position et leur science, et plus encore par leur caractère élevé et généreux, avaient proposées pour l'éducation de personnes si dignes d'intérêt.

L'œuvre fondée par Valentin Haüy est dans un état complet de prospérité.

Déjà d'importants résultats ont été obtenus dans l'Institut impérial des Jeunes Aveugles, où trois cents élèves des deux sexes se trouvent réunis, et sont exercés à la pratique de travaux manuels qui s'exécutent avec habileté.

Presque tous les élèves sont musiciens, et chez eux l'instruction est élevée au niveau de celle des voyants.

Enfin, toutes les connaissances humaines ont été mises à la portée des aveugles depuis qu'ils savent lire, et plusieurs d'entr'eux, instruits par des professeurs aveugles eux-mêmes, ont soutenu les épreuves académiques avec un succès complet.

Les aveugles se distinguent partout par leur régularité, leur zèle, leur intelligence et leurs sentiments doux et pieux.

Ne vous appartient-il pas d'ouvrir la carrière de l'enseignement à ceux qui sont pourvus d'un brevet de capacité obtenu dans les mêmes conditions que les voyants?

J'espère que vous en jugerez ainsi.

M. Dufau, directeur, et M. Thiac, administrateur de l'Institut impérial, connus des aveugles par le bien qu'ils leur ont fait, m'ont invité à essayer de l'emploi d'un élève, reçu professeur, dans mes classes. — J'accédai volontiers à leurs désirs, et depuis neuf mois, M. Clovis Besson est chargé chez moi des leçons de français, comprenant la grammaire, l'orthographe, la syntaxe et la littérature; des leçons d'histoire, comprenant l'histoire sainte, l'histoire ancienne et l'histoire de France, dans mes première et deuxième classes; enfin, d'une instruction morale et religieuse pour mes jeunes enfants.

L'expérience m'a démontré ce qui suit :

1º Le professeur aveugle est l'égal, sinon le supérieur, du professeur voyant, dans toutes les branches de l'enseignement théorique;

2º Il possède d'excellents livres qu'il lit avec une grande facilité, car les mains ont hérité des yeux;

3º Grâce à un exercice continuel, sa mémoire est sûre et meublée de mots et d'idées qui ne laissent aucune inquiétude sur le langage qu'il tiendra à ses élèves;

4º Ses professeurs, aveugles eux-mêmes, se sont servis à son égard d'une excellente méthode, qui est une garantie de succès;

5º Sa tenue est toujours convenable;

6º Il connaît ses élèves après un petit nombre de

leçons, peut en faire la liste et leur mettre des notes.

Cependant, une objection se présente, objection sérieuse et capitale.

Comment maintiendra-t-il la discipline?

Il n'est pas besoin de demander comment il enseignera l'écriture, le dessin, etc. Évidemment, il ne peut être chargé de ces parties.

Si tous les enfants voyants étaient suffisamment attentifs et sages, on comprend qu'il n'y aurait aucune difficulté; car, à part les arts graphiques, qu'il ne suffit pas de démontrer, l'aveugle fait exécuter toutes les corrections des devoirs par l'explication, la lecture et l'épellation.

Je ne proposerai donc pas d'abandonner le professeur aveugle à tous les hasards que peuvent amener dans une classe la malice et l'insouciance des enfants en général, et même la méchanceté et le mauvais vouloir de quelques-uns.

Il faut accorder sans interruption la présence d'un surveillant : là gît le plus grand obstacle; mais cet obstacle est-il invincible?

En général, dans les écoles de garçons, on em-

ploie peu de professeurs spéciaux. Chaque classe a
son maître, qui en fait tout l'enseignement. J'ai donc
pensé que l'aveugle avait peu de chances d'être ap-
pelé par les instituteurs.

Les institutions de demoiselles sont-elles dans le
même cas?

Je dis non, et c'est ce qui me donne l'espoir fondé
que notre tentative ne sera pas sans résultat.

Vous le savez ; il est d'usage pour les demoiselles
que certaines parties de l'enseignement, et notam-
ment le français et l'histoire, soient faites par des
professeurs libres, à raison de deux ou trois leçons
par semaine ; et dans ce cas, toujours une sous-
maîtresse reste en permanence à la leçon, chargée
qu'elle est de faire faire les devoirs et d'en surveiller
la bonne exécution.

Là, le professeur aveugle présentera les mêmes
avantages que le professeur voyant.

C'est après avoir établi ces faits que j'ai sollicité de
la société la nomination d'une commission, à l'effet
de contrôler l'opinion que j'ai émise ; et M. le Pré-
sident, sur ma demande, a bien voulu m'adjoindre
deux honorables et bienveillants confrères.

Dans une première réunion, l'un des membres ayant manqué à l'appel, l'autre me déclara qu'après examen, il acceptait personnellement tout ce que j'avais avancé de favorable; mais qu'il désirait, pour que le rapport à faire acquît toute la force voulue, que nos convictions fussent appuyées, en connaissance de cause, par plusieurs de nos confrères qui se réuniraient volontairement à la commission.

D'après cet avis, j'invitai quelques confrères à une seconde séance. Ils acceptèrent avec empressement; et après une épreuve de deux heures qu'ils firent subir au jeune professeur, ils exprimèrent en se retirant leurs vifs sentiments de satisfaction, et m'autorisèrent à faire ce rapport, qu'ils ont signé.

Signé : MM. Rigolot, Guillot, Pierson, Silvestre, Lambert, Devillière et Robinet, *ce dernier rapporteur.*

TABLE

Bordeaux.— Imp. de J. DELMAS, rue Ste-Catherine, 139.

www.ingramcontent.com/pod-product-compliance
Lightning Source LLC
Chambersburg PA
CBHW071232260626
47162CB00004B/1527